喵！
記得明天
依然愛

張耀仁 ── 著

目錄

愛的喵喵 ———— 86

後記 ———— 172

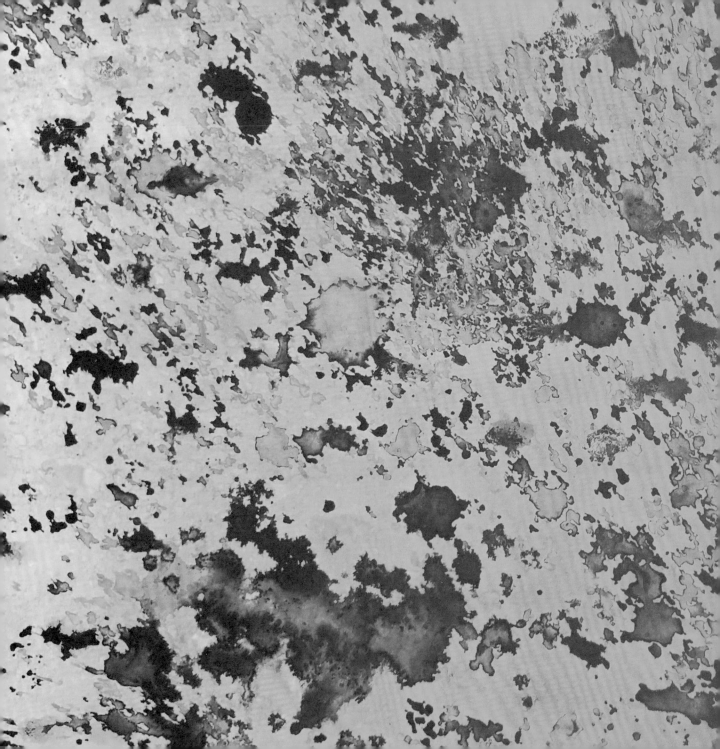

失戀汪汪

學會放手

地點：南投埔里
姓名：放手阿伯
年齡：四十歲
血型：A 型
星座：射手座
職業：香蕉農
興趣：兜風

Q1：阿伯阿伯，你這樣放手駕駛難道不會很危險嗎？

A1：（消音）！我才幾歲就被你叫阿伯？危險？你臨時把我攔下來採訪還比較危險咧！

Q2：所以說，你在做什麼？

A2：學習放手啊，你不會看嗎？

Q3：我是說為什麼你要學習放手？

A3：啊你們不是都說「放手才是真愛的表現」？所以我就放手試試看啊。

Q4：那你不怕摔車嗎？

A4：怕就沒在放手的啦！你閃邊點，讓我告訴你什麼叫做「釘孤輪」！

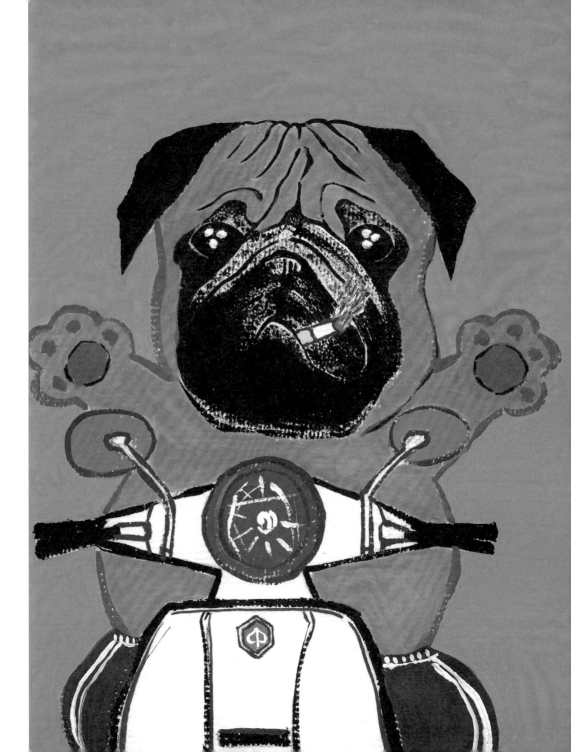

就這樣，阿伯摔進了田裡，一面叫痛，一面說：「我好想好想她……」
看來他真的傷得不輕。

不過他說，放手的感覺真好，起碼還知道痛。
知道痛，心就不會死了。

過去式的貓帽

地點：敦南誠品
姓名：文青阿柴
年齡：二十歲
血型：O型
星座：處女座
職業：大學生
興趣：看書

Q1：為什麼你要讀《遇見百分之百的愛》這本書呢？
A1：因為張愛玲說：「生在這世上，沒有一樣感情不是千瘡百孔的。」
　　所以我想知道，有沒有一樣感情是真正完整的？

Q2：那你還相信愛嗎？
A2：我不知道，但我需要很多很多的愛。

Q3：可以談談你頭上的東西……對，就是那個，它是裝飾還是什麼？
A3：那是貓帽，是我前女友送給我的生日禮物，
　　雖然戴著它讓人很感傷，卻也讓我很有安全感……

阿柴又說了許多許多，說著說著哭了起來，很典型的失戀症候群。
我們祝福他，有一天不再依賴那頂帽子。

因為唯有脫下它，才能戴上別的什麼

　　—— 唯有決心拋開過去式，才能得到現在式的愛，不是嗎？

該守護與該捨棄的小物

地點：台南林百貨
姓名：汽球阿米
年齡：十八歲
血型：A 型
星座：巨蟹座
職業：棒球場剪票員
興趣：打籃球

Q1：你的汽球是非賣品，為什麼？

A1：這是我前女友最喜歡的東西，也是我最珍惜的東西，怎能賣人呢？

Q2：那你為什麼要站在這裡？

A2：希望有一天她經過時，可以再看我一眼，希望她知道，我一直沒辦法忘記她。

Q3：但你明明不喜歡貓不是嗎？

A3：大家都不喜歡胡蘿蔔啊，但大家還是會吃它不是嗎？
愛就是恆久忍耐又有恩慈。

Q4：有這麼任性的女朋友，肯定讓你累壞了吧？

A4：人只要活著，有哪一天不累的？

說話的當下，阿米沒抓牢汽球，
只能看著它越飛越遠、越飛越高，
彷彿最後的希望也飄走了。
我勸阿米別追了，
畢竟，貓總是需要自由多一些的。

更何況，他從來就沒喜歡過貓。

地點：士林夜市

姓名：醉不倒阿多

年齡：二十八歲

血型：A 型

星座：雙魚座

職業：影評人

興趣：攀岩

醉了，愛了

Q1：您怎麼喝醉了？

A1：沒有⋯⋯我沒醉！是愛情萬歲！

Q2：《愛情萬歲》，那是蔡明亮的電影吧？

A2：對，「不如，我們重新開始吧」。

Q3：你怎麼一直在引用電影台詞？

A3：哪有，這是酒瓶上寫的廣告詞好嘛？

Q4：但你喝的明明是貓草汽水啊？

A4：酒不醉人，人自醉，失戀的人就算喝汽水也會醉啊。

Q5：請務必記得酒後不開車，開車不喝酒。

A5：我知道，瓶子上有寫啊：「明天又將是新的一天。」不是嗎？

沒想到，看了那麼多愛情片，還是沒能拯救阿多的失戀。
但阿多不氣餒，畢竟愛無關對錯，而繫乎深淺。

也許他該大膽一點，因為愛情本來就是一場冒險。

也許他該再醉一點，因為，愛就是忘了自己，成全他人。

演回自己

地點：雲林台西
姓名：小丑牛牛
年齡：三十歲
血型：B 型
星座：摩羯座
職業：小學老師
興趣：攝影

Q1：所以，你是街頭藝人嗎？

A1：算是吧，現在的老師比較像是演員。

Q2：所以，你在課堂上都唱〈小丑〉？

A2：我比較喜歡〈恰似你的溫柔〉，我……

Q3：你怎麼哭啦？

A3：我在磨練自己的演技。

Q4：小丑也需要演技嗎？

A4：當然，否則如何獲得掌聲？

如何把歡樂送到她的面前……她……

結果沒想到，牛牛演技大爆走，哭個沒完沒了，一點都不像歡樂的小丑。

牛牛說，還不是前女友喜歡小丑，否則他多想做個憂鬱的攝影師。

我告訴他，夠了，在愛裡做了那麼久的小丑不累嗎？既然現在都失戀了，那就把戲服脫了吧。

演回原本的那個自己，找回失落許久的自由與重新愛人的快樂。

愛不需要革命

地點：宜蘭礁溪
姓名：革命斯斯
年齡：十八歲
血型：AB 型
星座：獅子座
職業：溫泉會館服務生
興趣：種蔥

Q1：革命已經結束了，不是嗎？
A1：不，屬於愛的迫害才正要開始。

Q2：所以你才撐著傘站在這裡？
A2：嗯，我在想，也許她會需要一把傘。

Q3：但現在並沒有下雨啊？
A3：革命就是一種象徵啊，和下不下雨無關。

Q4：所以你們是在革命之中認識的嗎？
A4：不，我們是青梅竹馬。

Q5：那你究竟打算革什麼命呢？
A5：革請你離開，讓我靜一靜的命。

其實，雨一直是以一種細得感覺不到的姿態落下來，像失戀的後遺症總是在不經意的時分，冷不防讓人濕一下、哭一下。

我知道斯斯不好受，所以讓他靜一靜。

我也知道，愛情需要的不是革命激情，而是不如攜手雨中看的體貼。

況且，所謂革命在我們這個時代，早就只剩下「一些人反對另一些人的遊戲」罷了。

愛的承諾
就是用來打破的

Q1：你是周杰倫的粉絲嗎？
A1：不是。

Q2：那為什麼你穿得這麼像范特西？
A2：唉唷，不錯喔，老人也知道流行歌曲耶。

Q3：我還會唱＜ Play 我呸＞呢。
A3：這個屌，掌聲鼓勵一下。

Q4：那你穿的一身紅是為什麼？
A4：感謝我的歌迷朋友，因為我就是我。

Q5：你是你的話，為什麼要一直學周杰倫？
A5：笑是滿白癡的舉動，老師沒教你嗎？

地點：淡江高中
姓名：杰倫米克斯
年齡：十六歲
血型：B 型
星座：牡羊座
職業：高中生
興趣：Cosplay

想也知道，都叫作杰倫米克斯了，還能說自己不是在模仿嗎？

想也知道，是女孩子喜歡周杰倫吧，所以只好努力變成他。

想也知道，最後的那首＜說好的幸福呢＞

除了眼淚，還有不甘的聲音：「不是說好了要在一起的嗎？」

看來，杰倫米克斯顯然忘記了，愛的承諾本來就是用來打破的。
而看來，杰倫米克斯也真的忘了，愛是情感的唯一，而非扮裝或模仿。

別在求婚時
才說愛

地點：台南黃金海岸
姓名：新郎阿牛
年齡：三十六歲
血型：A 型
星座：水瓶座
職業：科技業上班族
興趣：求婚

Q1：你怎麼哭了？因為感動嗎？
A1：我沒有哭，只是鞭炮屑飄進眼睛裡而已。

Q2：難道新郎不是你？
A2：不是，我只是伴郎而已。

Q3：那你怎麼哭了？
A3：就說我沒有哭了啊，我不會哭的，我是男子漢！

Q4：＜男人哭吧不是罪＞，天王劉德華嘛都有唱。
A4：你是來看好戲的嗎？難道你一次求婚就上手？

Q5：大部分都是一次就上手的吧？
A5：干你什麼屁事！寂寞結婚冷啊，傻瓜才想結婚咧！

是啊，天底下的傻瓜真的很多呢。

就像新郎阿牛，嘴上說不要，眼淚卻很誠實。

事實上，與其拿著磨得亮晶晶的鑽石求愛，倒不如改改那像石頭一樣的壞習慣吧。

畢竟，誰希望只有在求婚那天才被愛呢？

安靜，
也是需要追求的

地點：桃園
姓名：模特老沙
年齡：四十五歲
血型：O 型
星座：雙子座
職業：待業
興趣：讀詩

貓 1 號：這是，模特兒的意思嗎？

老　　沙：是啊，不然我幹麼動也不動？

貓 2 號：可是你的臉這麼皺……

老　　沙：小鬼，沒聽過皺紋是智慧的累積這句話嗎？

貓 2 號：那你怎麼會來做這個？

老　　沙：什麼這個那個的，你很沒禮貌耶。

貓 1 號：這是模仿張耀仁小說《讓我看看妳的床》的封面照吧？

老　　沙：我從來不讀虛構的東西。

貓 1 號：這樣動也不動，不會很難受嗎？

老　　沙：不會，因為詩人說過：「安靜，也是需要追求的。」

安靜，確實需要追求的，

因為愛情往往有著太多的口說無憑。

但就算動也不動，
內心的風暴真的已經走遠了嗎？
如果走遠的話，
為什麼老沙看起來就快哭了呢？

也或許，
每個人面對愛情都有逞強的時候吧。
都有，忘了安靜下來，
才能夠聽見彼此心跳的時候。

像春天的小熊
一樣愛妳

Q1：您準備為誰慶生嗎？
A1：也沒有（哽咽），只是懷念慶生的感覺而已。

Q2：所以生日已經過了？
A2：嗯，已經分手一陣子了。

Q3：是在生日當天分手的嗎？
A3：是啊，為什麼（突然提高音量）女生總是喜歡問：「你到底有多愛我？」
愛能用一句話回答的出來嗎？

Q4：可以啊。
A4：那你說說看！

Q5：我對妳的愛，就像這隻小熊一樣。
A5：什麼意思？你是故意耍我嗎？

地點：苗栗

姓名：小熊阿郎

年齡：三十二歲

血型：O型

星座：天蠍座

職業：木雕師

興趣：蒐集小熊

我對妳的愛，就是「熊熊的愛」啊。

否則，情人節花束為什麼都要放上一對小熊呢？

況且，村上春樹也寫過，春天的小熊抱著你在苜宿茂盛的山坡上打滾，

「我對妳的愛就像那隻小熊一樣」。

所以，還是要多讀書吧。

不然，女生還會問很多很多的問題啊，像是：「為什麼我說的話你都沒在聽？」

這該怎麼回答才好呢？

愛在聖誕節

地點：彰化花壇
姓名：插花阿梗
年齡：二十四歲
血型：A 型
星座：天秤座
職業：剪接師
興趣：哈日族

Q1：那盆小聖誕樹是怎麼回事？
A1：是愛的約定。

Q2：約定什麼？
A2：一生一世。

Q3：可是你在這裡已經待了很久很久了，我每天都看見你。
A3：是啊，因為我還沒有看見極光。

Q4：什麼？
A4：北極黃刀鎮的極光啊。
　　據說在那裡看見極光的人，將會幸福一生一世。

Q5：那你怎麼還不出發呢？
A5：沒有人和我一起出發，我是要跟誰一生一世？

也就算了吧，光只是說說的幸福，能叫幸福嗎？

也就算了吧，光說不練的一生一世，也就是癡人說夢。

幸福不來的話，那就一步一步靠近它，像極光不見了，那就一天一天努力尋找。

光只是背誦著日劇的台詞，聖誕節還是冷到骨子裡的。

買一小盆聖誕樹吧，大膽告白，大膽愛在聖誕節！

Q1：你的手怎麼了？

A1：不會自己看嗎？

Q2：是因為練跆拳道的關係？

A2：是壁咚啦，壁咚你知道嗎？

Q3：就是從日本偶像劇傳過來的（壁ドン）？

A3：不對！是從少女漫畫流行過來的。男主角單手打在牆上並且突然靠近女主角，
　　試圖阻斷對方的去路說：「我的心，已經無法忍受失去妳而繼續跳動了。」

Q4：哈哈哈哈。

A4：笑什麼？難道不覺得很帥氣嗎？

Q5：哈哈哈哈。

A5：你再笑？你再笑！

問題不在壁咚

地點：台南關子嶺

姓名：壁咚小基

年齡：二十六歲

血型：O 型

星座：金牛座

職業：便利超商店員

興趣：戀愛

「咚」！「咚咚咚」！
壁咚小基連續賞了我好幾個壁咚，
不過他的手實在太短了，
以致我們兩個幾乎撞在一起。

不懂得愛，卻如此渴望愛，
這是大部分現代人的心情吧。
以為練了壁咚就能找到真愛，
這未免太小看壁咚了。

壁咚的真諦，

不正是在喚起我們對愛的想像嗎？

我們有多久沒體會到愛的衝動啦？

所以，下次來個「床咚」（床ドン）吧！

不能説的祕密

地點：新竹

姓名：歌手大獅

年齡：三十九歲

血型：B 型

星座：處女座

職業：工程師

興趣：喝貢丸湯配米粉

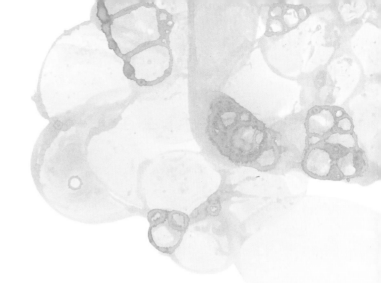

Q1：你手上拿的是葡萄嗎？

A1：是麥克風啦！你沒聽到我正在唱〈張三的歌〉嗎？

Q2：你好老派喔。

A2：老歌有老歌的好，起碼耐聽。

Q3：那老情人呢？

A3：是〈老情歌〉吧？那時候，呂方和鄭裕玲多麼相信愛是永遠。

Q4：都這麼晚了，你怎麼還在這裡唱歌？

A4：有些愛，只能用唱的啊。

Q5：比方說？

A5：〈第三者的第三者〉，〈別怕我傷心〉，〈寂寞寂寞就好〉。

歌手大獅一口氣說了好幾首歌，
每一首歌都代表著他此刻的心情，
第三者的愛。
那些 MV 把第三者都拍得好美啊，
如果好人註定灰頭土臉的話，
誰要在愛裡繼續忠貞呢？

只不過，感情從來就不像數學那樣說一是一。
因為，丁噹和張震嶽有唱啊，〈愛情沒有答案〉。
因為，白光有唱：「才逃出了黑暗，黑暗又緊緊的跟著你。」

還是坐下來聽歌吧。

還是坐下來，把祕密唱進最最深處的深處底。

許諾新希望，許諾愛

地點：新北三芝
姓名：泡泡阿獵
年齡：二十五歲
血型：AB 型
星座：巨蟹座
職業：泡泡藝術家
興趣：賞花

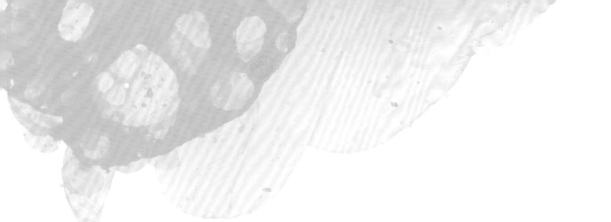

Q1：新年快樂！這些泡泡都是你吹的嗎？
A1：是啊，很美吧？

Q2：為什麼是櫻花呢？
A1：三芝櫻花季頂港有名聲！你怎麼會沒聽過？

Q3：我比較想看台灣特有種。
A3：比如？

Q4：台灣欒樹有辦法吹得出來嗎？
A4：有辦法啊，只不過它的花是黃色的，但現在粉紅色比較應景。

Q5：為什麼？
A5：因為粉紅就是幸福的全部啊！

粉紅色的泡泡「波」的一聲，破了。

又「波」的一聲，另一顆泡泡跑進了泡泡阿獵的眼睛裡，

使他眼眶濕濕的，像哭。

這是過年啊，

再苦也要笑著，

再落魄也要ㄍㄧㄥ住，

不然會衰一整年吧？

每一顆泡泡都那麼美麗，

卻又脆弱，

好像每一年許下的新希望說得那麼好聽，

卻總是無緣達成。

所以，今年就不要瞎吹了，還是好好許諾吧。

許諾新希望，也許諾愛，成為負責任的戀人，而不是只會吹泡泡的大說謊家。

是劉德華的話就放手去愛

地點：新北深坑
姓名：德華米克斯
年齡：二十七歲
血型：不知道
星座：雙魚座
職業：電影場記
興趣：騎重機

Q1：什麼時候開始騎車的？

A1：被甩掉那年吧。

Q2：為什麼被甩？

A2：不知道是不是嫌我窮？總之，那時候在成功嶺受訓放假，接到電話，就被兵變了。

Q3：所以才穿著迷彩服？

A3：只是覺得穿上了很有戰鬥力。

Q4：變得更有志氣？

A4：大概吧。不覺得我很像《追夢人》裡的劉德華嗎？

Q5：什麼？（大驚）

A5：《我的少女時代》沒看嗎？王大陸就是模仿《追夢人》追陶敏敏的啊。

我想，德華米克斯應該是劃錯重點了。

畢竟，不是窮就可以叫作追夢人的，就像不是長得瘦又弱就必須叫作「劉的華」的。

看吧，你笑了，洩露你的年紀了呢。

好啦好啦，不鬧你了。如果真的是劉德華的話，就放手去愛吧！

把兵變忘掉，帶著新的戀情帥氣過彎，然後注意安全！
並且，別讓催油門的噪音打擾了附近居民，更不要驚動不要喚醒，你所親愛的。

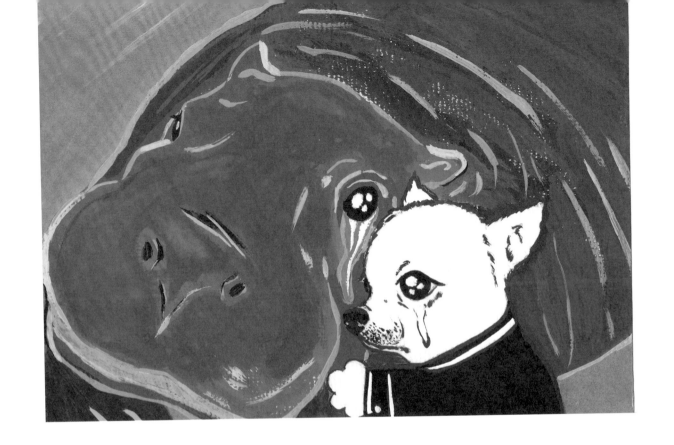

摔下來的阿河，
摔下來的愛

地點：苗栗苑裡
姓名：魔術阿吉
年齡：四十六歲
血型：O 型
星座：射手座
職業：動保人員
興趣：變魔術

Q1：怎麼回事？
A1：阿河在貨車過彎的時候，掉下來了。

Q2：很嚴重嗎？
A2：可以不要問廢話嗎？沒看到我們都在哭嘛？

Q3：你又不是獸醫，怎麼幫助阿河？
A3：我想他現在需要的也許是一點歡樂，我想變魔術給他看看。

Q4：你要變什麼魔術？
A4：把你變消失的大衛魔術！

也確實，看著河馬阿河被摔來摔去的，

如果我們不懂得心疼他的遭遇，又如何可能認真的愛與悲傷？

阿河的出現，其實就像這些年來各式各樣愛的流行術語吧，

其中隱含了「逃離」與「靠近」、「傷害」與「安慰」、「荒謬」與「溫柔」的凡此種種。

儘管我們都知道，愛經常毫不留情的把我們重重一摔，讓我們痛得流淚滿面。

儘管我們終將明白，該消失的是那逐漸變硬的心。

逐漸失去溫度而行禮如儀的愛。

也有棉花糖無言以對的時刻

地點：永和樂華夜市
姓名：棉花阿鬥
年齡：三十歲
血型：O 型
星座：牡羊座
職業：社運人士
興趣：衝衝衝

Q1：手上的是？
A1：棉花糖啊。

Q2：那頭頂上的是？
A2：還是棉花糖啊。

Q3：但你不是硬漢嗎？這樣軟綿綿的……
A3：喂，你沒聽說嗎？「堅強起來，才不會丟失溫柔。」
　　要溫柔必須不忘堅強，要堅強必須擁有溫柔的後盾。

Q4：喔，那溫柔好吃嗎？
A4：誰知道？溫柔的味道往往需要殘酷來襯托的。

一轉眼，
棉花阿鬥手上只剩下竹籤了。
在還沒有遇上堅硬之前，
有人記得住柔軟嗎？

一如渾沌的戀情，
總是必須等到曲終人散才猛然清醒。

所以，阿鬥說：
「生命中也有棉花糖無言以對的時刻。」

你沒聽過這句話嗎？

想來，阿鬥大概忘了，
愛情是沒有道理可尋的。

否則，
那些兩性專家為什麼總是不幸福呢？

否則，
棉花糖也不會留下滿口的甜蜜，
卻又惹來滿手黏膩了。

彩虹根本不是重點

地點：羅東林場
姓名：花襯衫阿瑞
年齡：三十九點五歲
血型：A 型
星座：雙魚座
職業：夏威夷披薩店老闆
興趣：淋雨

Q1：你怎麼沒有帶傘？
A1：淋點雨比較浪漫。

Q2：淋雨會感冒啊。
A2：不覺得那些掉下來的木棉很美嗎？

Q3：你這副眼鏡為什麼長這樣？所以，你是……
A3：我什麼都不是！我只是個瞎子。

Q4：那你怎麼還看得見木棉？
A4：有些東西，不一定要依賴眼睛的。

「因為不依賴視覺，所以我們盲目的愛情，可貴。」阿瑞是這麼說的吧。

那麼，為什麼是彩虹眼鏡呢？

彩虹根本不是重點啊，為什麼要這麼執著於表相呢？阿瑞又說。

仔細聽，木棉花有時悲傷，有時快樂，不是嗎？

就像不管男女、男男、女女或男女男、女男女，所有人在愛裡都是悲喜交加的。

只怕，有多久，我們已經沒有好好看進彼此的眼裡了呢？

那曾經又熾熱又脆弱的眼神究竟跑去哪裡啦？

地點：台中七期重劃區

姓名：瞇瞇眼小羊

年齡：三十四歲

血型：B 型

星座：獅子座

職業：保險公司精算師

興趣：放空

等待吧，愛情！

Q1：你睡著了嗎？

A1：沒禮貌！我只是眼睛比較小而已。

Q2：在等人嗎？

A2：欸，我問你：「1，3，7」以及「2，4，6」，這兩組數字有什麼關聯？

Q3：都是等距數字？

A3：不，前者都是平音，後者都是仄音（笑）。

Q4：後面的時鐘怎麼都一樣，這樣真的沒問題嗎？

A4：有什麼關係？時間在等待裡早就失去意義了，不是嗎？

是嗎？

「對於中年以後的人，十年八年都好像是指顧間的事。可是對於年輕人，三年五載就可以是一生一世。」這是張愛玲寫過的名句吧。

看著精算師瞇瞇眼小羊放空的表情，也許他是故意選擇等待的吧。

等待更適合的那個時間點，等待愛的到來，

更重要的是，

等待自己變好，而不是再一次糊里糊塗面對另一段戀愛。

不是逞強
就叫 MAN

地點：台東

姓名：刺蝟賓

年齡：二十歲

血型：A 型

星座：處女座

職業：史前文化博物館義工

興趣：打毛線

Q1：這個鉚釘項鍊好龐克！

A1：噓，導覽中，請輕聲交談。

Q2：所以你是搖滾樂手嗎？

A2：我只是想要看起來更 MAN。

Q3：可是你說話的聲音很細耶。

A3：那是因為這裡是展覽空間好嗎？有點公德心啊。

Q4：為什麼想要變 MAN 呢？大熱天戴這個不熱嘛？

A4：長得矮就不能變 MAN 嗎？大熱天就一定要涼快嗎？
　　要涼的話，史前遺跡那一區最涼啊。

果然是刺蝟賓，再說下去，也許就要刺傷人了吧。

但所謂真正的 MAN 是一種氣質，而不是氣人。

更何況，在愛裡一直 MAN 的人也很有事吧，就像兩個渾身都是刺的人，還能互相擁抱嗎？

所以，試著把刺卸下吧，試著瞭解不是逞強就叫 MAN，

瞭解，讓對方獲得真正的幸福才是真正的霸氣外洩！

愛的喵喵

愛的泡泡

最後，就只剩下我們泡在這裡了。
水溫剛好，心情也剛好，
只不過屋外的風雪濕了我們的翅膀。
「但我們又不會飛啊。」妳說。

誰說有翅膀就一定要會飛呢？
就像泡在一起的感情就一定會永遠嗎？

所謂愛的泡泡啊，

往往是又寂寞又熾熱、又短暫又華麗的。

就讓我們再泡一下吧，

就讓我們再抱一下吧，

把那些孤單與不安都壓擠出去，

把愛的泡泡小心翼翼的呵護著。

像呵護最初的愛那樣，

像我們最初都曾低低，低低的說：

「再抱緊一點，再多愛我一點，好嗎？」

一起旅行

說好的分開旅行，
最後還是找了個伴，
畢竟抵擋不住內心的寂寞，
有人不怕一個人的嗎？

一個人也很好，
但一個人吃飯就只能坐在角落，
一個人背痛就是經常貼不到點，
而需要擁抱的時候，
總是找不到適合的抱枕。

至於二個人呢？

吃飯的時候總要考慮對方喜不喜歡？

背痛的時候還要等對方有沒有空？

而擁抱，

溫度有了，

但心底的那個黑洞為什麼一直填不滿呢？

是不是我們有問題？

否則一加一不是應該大於二？

但可以肯定的是，

失戀的療癒之旅啊，

需要的不是鑽牛角尖，

也不是斤斤計較誰愛誰多，

而是學會放鬆，

所謂愛，

其實需要試著放空才能長長久久的。

不愛不愛了

「他還愛我嗎？」

噓

占卜的時候記得小聲

並且記得吸氣

畢竟等待一個答案總是令人窒息的

「他真的從來沒有想過我嗎？」
關於這張騎士牌
手持長矛的騎士是奉獻心意的象徵
不過
如果是逆位的話
就是被奉獻

「不愛不愛了

老師，為什麼愛都這麼苦呢？」

來吧

什麼都別想

打坐吧

老僧入定才是王道

沒有愛的人終究是無敵的

可是

如果沒有愛的話

為什麼牌面講的都是感情的流動呢？

為什麼

「我還是好想好想好想她啊。」

還是要抱一下

還是要抱一下
睡前
像早上要對每個人說早安
分開的時候要和對方說保重
睡前就是要抱一下不是嗎？

抱一下就好
這是妳以前常說的口頭禪
抱著抱著就產生了化學變化
夢都有了不一樣的顏色

「你真的很不正經耶。」
可是都要睡覺了
為什麼還不能放鬆呢？
真正的不正經是想抱就抱
也不管對方要不要的人吧？

是說
為什麼這一刻
明明知道妳那麼正經
卻還那麼懷念呢？
難道是因為小熊穿上貓
所以熊熊的愛
變成貓毛的愛了嗎（好冷）

但是啊但是
我多麼多麼想再和妳
抱一下
抱一下就好

什麼都抓不住

都說要抓住男人的心
要先抓住男人的胃
那
如果要抓住蝴蝶的話
要先抓住什麼呢？

別鬧了
這不是冷笑話
當然不是先抓住蝴蝶的嘴
也不是先抓住自己吧？
自己都被抓住的話
還有辦法去抓住蝴蝶嗎？
更何況是在這海裡？

但到頭來會發現

什麼都想抓住

什麼都抓不住的

所以說

就放下吧

放下網子

不是就擁有整片整片的蝴蝶和海了嗎?

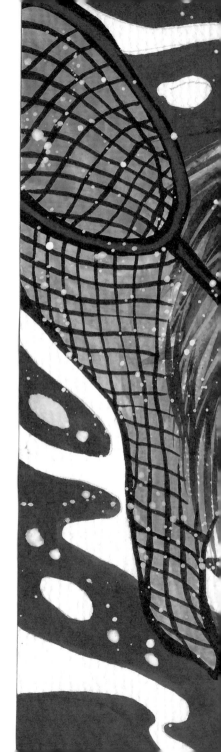

在黃昏來臨前
愛上妳

在黃昏來臨前愛上妳
愛上
道歉遲到許久的那幾年
那幾年現在想起來都為自己感到不
捨
那些想哭的時刻

而黃昏之後還有更深的寂寥嗎？
像那些許多個日子
動物性傷感
枕邊的鼾聲就連耳塞也是枉然
只能走出去仰望星星
告訴自己沒事
一切都很好

一切都很好嗎？
此時此刻我們依偎著
像彩霞依偎著地平線
像珍珠就該加入奶茶
（加入咖啡不行嗎？妳問）
而黃昏已經來臨了
已經
來到我們的眼裡
那些橘金帶紅的光芒啊
我忍不住靠在妳的耳邊說 ──

如果可以的話

如果可以的話
我能不能做自己？

如果可以的話
能不能不要再叫我做這做那？

我需要自由

我需要自由

我需要自由

（因為很重要所以說三次）

不要再說「我是為你好」

愛情也有波特萊爾無法迄及的時刻

也有妳說我愛你

我卻完全

完完全全

無法感知的時刻

向日常開戰

而世界已經死去了大半

我們才行至山腰

手裡緊握著夏天與夏天的犄角試圖切開

那迎面撞擊的風

向正直的樹木求索一次傾斜的美好

一次灰冷與冰綠潰堤的尖叫

（馬麻，我好累喔）

而我們才行至山腰
世界已經死去大半了
我們並沒有十足把握鬆開的手
可以牢牢抓住
塵沙、涼亭以及九重葛的世界
可以朝陰影吶喊關於一棵樹的
愛的瘋狂，欲望以及
鮮豔的鳳仙花

（馬麻，可以不要再說了嗎）

說好了向日常開戰
「但，為什麼
妳還是這麼猶豫？」
我們笑著說
像哭那樣的音調
像世界已經死去了大半
而我們始終停留在山腰

我們始終停留在日常的
日常底

（馬麻馬麻，我們什麼時候才可以吃冰淇淋啊？）

我想靜靜的
對自己說抱歉

我想靜靜的對自己說抱歉
抱歉
在桔梗藍綻放之前
我還是忘了愛
忘記自己

我想靜靜的對自己說抱歉
抱歉怎麼可以忍耐這麼久
明明是貓的躡手躡腳
卻有著狗的齜牙咧嘴
那些浪費的時間啊
我疼惜著那些看不見的傷口

我想靜靜的對自己說抱歉
靜靜的
再把原本的樣子看清楚
再對妳說
讓我們一起
珍惜自己
珍惜
彼此

需要
很多很多的愛

在夢裡
被一隻有角的野獸追逐著
醒來的時候
發現自己其實是躺在一個密閉的汽球裡

如此安靜
如此恐懼
如此脆弱

我們不是不敢愛
而是連愛的勇氣都沒有

我需要很多很多的愛
卻不懂愛

愛的小雨傘

愛一個人究竟需不需要一個理由？

不愛一個人是不是也需要一個理由？

各式各樣的理由
妳說了很多很多
終究沒能阻止愛的這場暴雨

終究啊
沒有一把愛的小雨傘
能夠撐起
我們對於彼此的
彼此的承諾

都已經沒差了

都已經沒差了
為什麼你還這麼害怕？
穿得像個貴族
談到愛卻像個俘擄
成天擠眉弄眼
你不累嘛？

都已經沒差了
那就別害怕了吧
反正
該是你的跑不掉
該是小三小王的就是留不住
記得下次不一定要用全力
也可以試試巧克力

我不是在逗你開心
是在等電來
一下子
燈全滅了
在黑暗裡安靜的聽著彼此的心跳
你不怕嗎？

是說
不管這場停電來不來
都已經沒差了
因為我們的愛
早就已經是盲目的啊

害怕害怕，愛

這麼憤怒究竟是為了什麼？

看看那些被打穿的牆

我的老天鵝

妳到底受了多少的傷？

妳到底有多愛？

沒有？

不可能

人家不是說

恨的反面也是愛

愛的越深

恨意越強

這麼多窟隆

還能說不是愛嗎？

但算了
我知道信任被摧毀之後
即使重新黏合也有疤痕的
那就慢慢來吧
慢慢
慢慢
把脆弱再次交給對方
把猶豫丟進那些洞裡

那些

自以為堅強

其實一蹋糊塗的感性腦

寂寞寂寞的香氣

然後
我們都哭了
哭得那樣傷心

妳說
「大家好聚好散，
幹嘛弄得這樣像個孝女白琴呢？」

想必妳永遠無法明白

從我眼底不斷湧出的淚水

充滿了寂寞寂寞寂寞寂寞寂寞寂寞的

香氣

愛，
其實就是
喵喵喵喵

欸
都別說了吧
可以讓我好好睡一覺嗎？

好好的
打個呼
做個夢
然後醒來的時候嘴巴臭臭的呵口氣

妳說

這樣很惡心耶

我呢

才覺得妳不討喜咧

畢竟

愛是拿來說嘴的嗎？

說得再好

定義得再微妙

就一定能獲得幸福嗎？

更何況
這已經是一個「漸漸」也可以是「賤賤」的
而「魚」與「雨」未必有分別的年代

所以

不快樂的愛

就不要了吧

好比太過清醒是會讓自己痛苦的

太過精確的定義

那就不是愛了

愛嘛

其實就是

喵喵喵喵

喵喵喵

唷

站在愛情的肩膀上

「每一次的戀愛，都是一次愛的累積。」妳說。

說的好像愛也是一種知識，

說的愛絕對是從 A 到 H 的線性發展。

但如果是這樣的話，

為什麼會有「選來選去選龍眼」這樣的諺語呢？

照理說我們應該在愛裡越來越聰明吧，

為什麼我們的情感總是遇難了？

難道是我們把愛讀到背上去了嗎？

所以說，

站在愛情的肩膀上，

未必是為了要看得更高更遠的，

只不過換個角度，

換個不一樣的風景，

那些風景只有你懂我懂，

只有你知道，

枯瘦的白楊樹在秋天裡，

是那樣的極簡，

並且極度適合寫一封情書，

給最最最愛的那個戀人。

放過自己

妳問我為什麼睜一隻眼閉一隻眼？
因為被困住了啊，
因為維多莉亞頸圈就是這麼惹人嫌，
能不哀怨嗎？

是說，
到底是誰把這叫作維多莉亞頸圈的？
明明就是羞羞圈啊，
換一個名詞就會比較有愛嗎？
況且被困住就是被困住了，
說的再美也無法改變被招住脖子的事實，
說的再美，
愛要走就是會走。

所以，

就不要再狡辯了，

也不要再 LINE 來 LINE 去了，

沒看見我的表情嗎？

事實上，被困住的往往都是自己想不開，

被困住的，

其實是自己還愛著自己的心，

畢竟愛情，

不就是愛著那個和自己極為相同（或某些相同）的人嗎？

放過自己，

也放過愛吧。

再慢一點,再慢一點

龜兔賽跑最後是烏龜贏過了兔子，
但為什麼，
大家還是喜歡嘲笑烏龜呢？

「因為那是兔子偷懶的結果啊。」有人說。

說的烏龜好像是個投機者。

說的這世界的「真理」就是：

再快一點，再快一點，

但說也奇怪，
某些時刻大家又會說：再慢一點，再慢一點。
比方說：熱戀期。
比方說：幸福時刻。
又比方說：加護病房。

不過，最終我們都會發現，
慢一點真的比較快樂的，
起碼可以把風景看得更仔細點，
起碼，
日後回想起來，
不會忘記對方眼角的那顆痣，
以及喃呢在耳邊的情話多麼溫暖，
多麼多麼，令人心醉與心碎。

後記

毛起來，愛

上次回家，父親說：「嘿，要不要看看我的畫？」

不知從什麼時候開始，父親喜歡畫畫。

大部分是風景畫。畫在 A4 一半的白報紙上。筆觸細細的，像父親纖細而拘謹的性格。

父親一直喜歡靜物。

早幾年我看著看著總打起呵欠來，而今，我也到了把手輕輕放在樹幹上，深深感覺到樹也會對我們說話、也有溫度的年紀。

結果，一走進房間，牆上掛的不是靜物畫，竟是色彩繽紛的抽象畫，不免使我大吃一驚：這是怎麼回事？

那些或圓或扁、或潑墨或暈染，充滿了跳躍感的圖畫，那真的出自父親嗎？我這麼詫異著，那彷彿父親突然找到飛翔的姿態，一夕之間遁入只有他自己瞭解的世界裡，任憑我們解釋都得以成立。

於是，我想起自己畫下這些畫作的心情。

第一張是 2014 年 10 月「學會放手」，那時候戰戰兢兢，一點都沒有放手的輕鬆感。

直到新郎阿牛那張，看著紅白相間的顏料爆裂在藍底上，我知道，是該自由的時候了。

能夠自由的作畫，真的是一件開心無比的事。

能夠和這些阿貓阿狗一起痛並愛著，也好令人開心。

想起來，我們都被文字禁錮太久了。

我們也被自己封閉太久了。

那些愛啊傷心啊什麼的，都留給往後回想起來會笑的眼淚吧。

從 2014 年到 2017 年，斷斷續續完成了這些那些的各種滋味，畫都說了，所以我也該學著沉默了。

從今而後，讓我們痛快的往前走。

從今而後，讓我們牽起彼此的手，說：

毛起來，愛你，愛我。

張耀仁　二〇一七年十一月屏東

國家圖書館出版品預行編目（ＣＩＰ）資料

喵！記得明天依然愛 / 張耀仁圖 / 文 -- 初版 . -- 臺北市
：奇異果文創，2018.01
　面；　公分 . -- (小文藝；7)
ISBN 978-986-95387-4-9(平裝)

855　　　　　　　　　　　　　　　　106024039

小文藝 007

喵！記得明天依然愛

作者 (圖 / 文)：張耀仁
章節扉頁繪圖：張明藏
美術設計：舞籤

總編輯：廖之韻
創意總監：劉定綱
編輯助理：周愛華

法律顧問：林傳哲律師 / 昱昌律師事務所

出版：奇異果文創事業有限公司
地址：台北市大安區羅斯福路三段 193 號 7 樓
電話：(02) 23684068
傳真：(02) 23685303
網址：https://www.facebook.com/kiwifruitstudio
電子信箱：yun2305@ms61.hinet.net

總經銷：紅螞蟻圖書有限公司
地址：台北市內湖區舊宗路二段 121 巷 19 號
電話：(02) 27953656
傳真：(02) 27954100
網址：http://www.e-redant.com

印刷：永光彩色印刷股份有限公司
地址：新北市中和區建三路 9 號
電話：(02) 22237072

初版：2018 年 1 月 10 日
ISBN：978-986-95387-4-9
定價：新台幣 320 元